Ed Vere

¡A dormir, MONSTRUOS!

www.editorialjuventud.es

editorial juventud
Barcelona

Para
Rufus y Phoebe

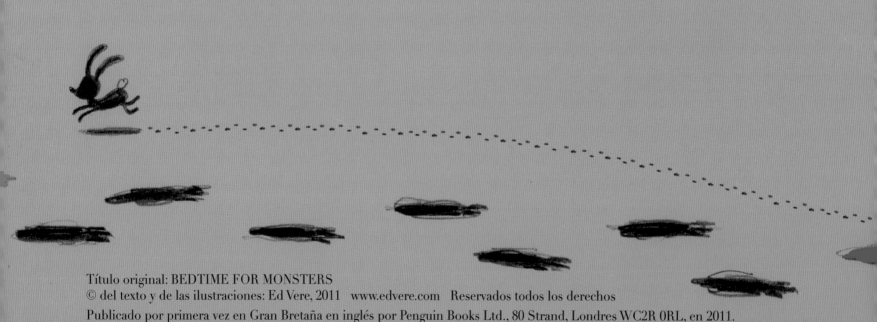

Título original: BEDTIME FOR MONSTERS

© del texto y de las ilustraciones: Ed Vere, 2011   www.edvere.com   Reservados todos los derechos

Publicado por primera vez en Gran Bretaña en inglés por Penguin Books Ltd., 80 Strand, Londres WC2R 0RL, en 2011.

© de la traducción española: EDITORIAL JUVENTUD, S. A., 2012 Provença, 101 - 08029 Barcelona   info@editorialjuventud.es

www.editorialjuventud.es   ISBN: 978-84-261-3890-3 Traducido por Élodie Bourgeois

Printed in China

Te has
PREGUNTADO
alguna vez si
en algún lugar,
no muy lejos de aquí,
podría haber . . .

¿MONSTRUOS?

Y si suponemos que

hay **monstruos . . .**

. . . crees que
este **monstruo**
que se está relamiendo
podría estar pensando en . . .
¿**TI**?

Y si este monstruo *está*
pensando en ti,

quizá

podría estar pensando en
ZAMPARTE ENTERO,
¿verdad?

Espero que no,

porque

está viniendo hacia aquí ...

¡AHORA MISMO!

Y mientras la bicicleta
traquetea
por el **oscuro** y **horrible** bosque,

TROC TROC TROC

¿crees que
está **sonriendo** porque
se ha acordado de traer
el cuchillo y **el tenedor?**

Y mientras atraviesa el pantano
viscoso, fangoso y pegajoso,

CHOOP CHOOP CHOOOOOF

¿crees que
se está imaginando
LO BUENO
que debes de estar
recubierto de kétchup?

Y mientras anda de puntillas
entre las zarzas y los cardos

CRAS   CRAS   ¡AY!

¿crees que
ha decidido que . . .

estarías mucho *más* **sabroso**
chafado y **aplastado** sobre
UNA TOSTADA CON MANTEQUILLA?

Y en este preciso momento,
mientras escala las frías y nevadas montañas,
cada vez *más*
y *más*...
cerca de ti,
¿no crees que
debe de tener
CADA VEZ
MÁS
HAMBRE?

¿No estás **ASUSTADO**, verdad?

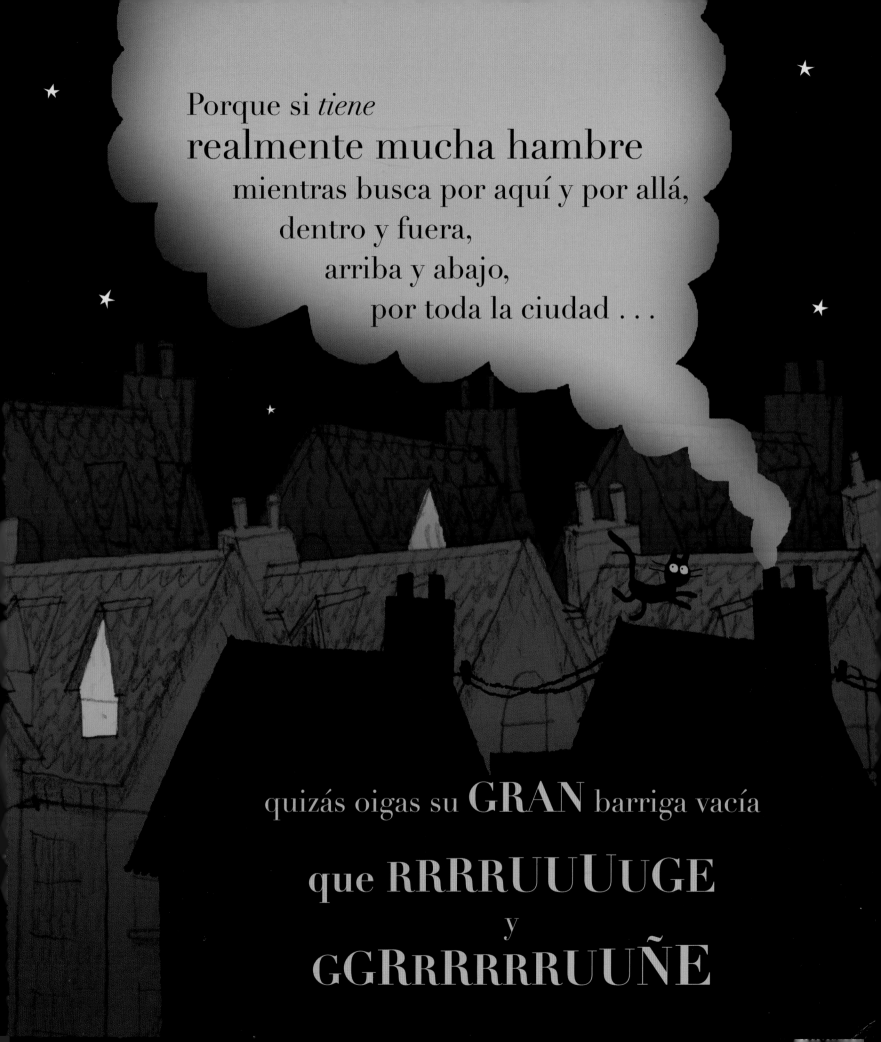

Porque si *tiene*
realmente mucha hambre
mientras busca por aquí y por allá,
dentro y fuera,
arriba y abajo,
por toda la ciudad . . .

quizás oigas su **GRAN** barriga vacía

que **RRRRUUUuGE**
y
GGRrrrrruUÑE

Y si efectivamente *oyes* cómo
RRUUUGE
y
GGRRRRRUUUÑE

quizá *también* oyes un crujido
CRAC   CRAC   CRAC!

cuando sube la escalera.

Y mientras abre la puerta de tu habitación,

¿CREES
   que se relame
porque quiere
                 zamparte?

¡Oh, no!
        ¡¡¡Es MUCHO peor que eso!!!

                ESTE monstruo quiere . . .

un asqueroso
y enorme

¡BESO DE BUENAS NOCHES!

¡¡¡MUAC

MUAC

MUAC!!

Porque es
hora de dormir para los monstruos
de todo el mundo.

LOS GRANDES como él . . .

y los pequeños
como tú.

¿De verdad *creías* que te iba a comer?

¡Vaya tontería!

Aunque...

quizá mejor que dejes

algo de comida fuera . . .

solo por si acaso . . .